AF313280

(275e) # CATALOGUE

—

ESTAMPES

ÉCOLE DU XVIIIe SIÈCLE

DONT

L'Œuvre de L. Boilly

LITHOGRAPHIES ORIGINALES

ET

GRAVÉ D'APRÈS SES COMPOSITIONS

Modes, Costumes de femmes

ET AUTRES SUJETS D'APRÈS MOREAU, SAINT-AUBIN, ETC.

LIVRES A FIGURES, DESSINS

DONT LA VENTE AURA LIEU

HOTEL DES COMMISSAIRES-PRISEURS

Rue Drouot, 5

SALLE N° 4, AU PREMIER ÉTAGE

Le Mardi 18 Mai 1869

A UNE HEURE PRÉCISE

M⋅ DELBERGUE-CORMONT, Commissaire-Priseur,
rue de Provence, 8,

Assisté de **M. VIGNÈRES**, marchand d'Estampes,
rue de la Monnaie, 13, à l'entre-sol, entrée rue Baillet, 1

CHEZ LEQUEL SE DISTRIBUE LE CATALOGUE.

EXPOSITION PUBLIQUE AVANT LA VENTE

—⋅+⋅←—

PARIS — 1869

CONDITIONS DE LA VENTE

L'ordre du Catalogue sera suivi.

Elle sera faite au comptant.

Les Acquéreurs paieront CINQ POUR CENT en plus des enchères, applicables aux frais.

M. VIGNÈRES, dirigeant la vente, se charge des Commissions.

NOTA. Toute commission sans prix fixé ou sans limite déterminée sera regardée comme nulle.

M. VIGNÈRES se charge de faire marquer les prix aux Catalogues des ventes qu'il a faites. Les personnes qui le désirent peuvent s'adresser à lui *franco*.

Plusieurs Amateurs éloignés en ont reconnu l'utilité pour les guider dans leurs Achats sur les valeurs des Estampes.

Les Catalogues des Ventes à faire seront envoyés aux personnes qui en feront la demande *affranchie*.

AVIS. — Nous prions MM. les Amateurs éloignés de ne pas attendre au dernier jour, pour que les lettres arrivent le matin de la vente ; ils comprendront que quelques lettres peuven se lire, mais de 20 à 50 lettres, c'est difficile.

Choix de Catalogues avec prix marqués.

PORTRAITS EN BISTRE

Collections de Portraits inédits ou rares de Personnages célèbres

REPRODUITS NOUVELLEMENT PAR LA GRAVURE

Publiés par VIGNÈRES, M^d d'Estampes

Rue de la Monnaie, 15, à l'entresol, entrée rue Baillet, 1.

ALBANY (Louise-Max. de Stolberg, comtesse d').	Gravée par Varin.
AMOROS, colonel, fondateur de la gymnastique en France.	id.
ARGOUT (Antoine-Maurice-Apollinaire, comte d').	J. Porreau.
BABEUF (F.-N.-Gracchus), journaliste.	id.
BARÈRE (Bertrand), de Vieuzac, conventionnel.	id.
BEAUHARNAIS (comtesse Stéphanie de), poëte, romancière.	Sisco.
BEUGNOT (J.-C. comte), député, ministre.	J. Porreau.
BERRUYER, général, commandant des Invalides.	id.
BERTRAND LE MOLLEVILLE, marquis, ministre, littérateur.	id.
BIÈVRE (marquis de), célèbre auteur de calembours.	id.
BLANCHARD (Madeleine-Sophie-ARMAND, Madame), aéronaute.	id
BONJOUR (Casimir), auteur dramatique.	id.
BORGHÈSE (Camille-Philippe-Louis), prince.	id.
BOSSUT (Charles), mathématicien.	id.
BRAZIER (Nicolas), auteur dramatique, d'après Marlet.	id.
BRISSOT (J.-P.), de Varville, conventionnel.	id.
CANCLAUX (J.-B. Camille, comte de), général, pair.	id.
CAYLA (comtesse de), née Talon, d'après le baron Gérard.	Massard.
CLOUET dit JANET, (François), peintre de portraits.	J. Porreau.
COCHON, comte de l'APPARENT, conventionnel, ministre.	id.
DEBUREAU, acteur des Funambules, Pierrot.	id.
DE FERMONT (comte), député, conseiller d'État.	id.
DEVIENNE, actrice, Théâtre-Français.	Normand.
DONADIEU, baron, général de division.	J. Porreau.
DORAT-CUBIÈRES-PALMEZEAUX, poëte, auteur dramatique.	id.
DROZ (Joseph), littérateur, académicien.	id.
DUCHESNE aîné, conservateur du cabinet des estampes.	id.
DUCOS (Roger), avocat, constituant, 3e consul provisoire.	id.
ÉLIE DE BEAUMONT, avocat au Parlement de Paris.	Devritz.
EMPIS (Adolphe), auteur dramatique.	J. Porreau.
EPAGNY (d'), poète dramatique.	id.
FABRE DE L'AUDE (comte), député, pair, littérateur.	id.
FIEVÉE (J.), littérateur, auteur dramatique.	id.
FRÉRON (Louis-Stanislas), conventionnel.	id.
FROCHOT, comte, préfet, député.	id.
GARNERIN (A.-J.), inventeur du parachute.	id.
GARNERIN (Élisa), aéronaute.	id.
GAUDIN, duc de Gaëte, ministre des finances.	id.
GENLIS (A. Brulard, comte de), cap. des gardes, conventionnel.	id.
GEOFFROY (J.-L.), critique, journaliste.	id.
GODOI (don Manuel), prince de la Paix.	Varin.
GOUFFÉ (Armand), chansonnier, vaudevilliste.	J. Porreau.
GUIMARD (Mademoiselle), danseuse.	id.
JOUFFROY (Théodore-Simon), professeur, académicien.	id.

Jousselin de Lasalle, homme de lettres.   J. Porreau.
Kant (Emmanuel), philosophe allemand.   Bracquemond.
Lacalprenède (Gauthier de Costes, seign. de), romancier.   Varin.
Lainé (J.-H., vicomte), ministre et académicien.   J. Porreau.
Lamballe (princesse de), dessinée d'après nature par Gabriel.   id.
Lasource (M.-David-Albin de), député du Tarn.   id.
Lavallière (L.-F. de la Baume, duchesse de).   id.
Lenormand (Mademoiselle), nécromancienne.   id.
Lucotte (Edme-Aimé), lieut.-général, comte, né à Dijon.   id.
Mailhe (Jean), député à la Convention.   A. Varin.
Marat, à la tribune, dessiné d'après nature par Gabriel.   J. Porreau.
Martin (Louis-Aimé), littérateur.   id.
Maurepas (J.-Fréd. Phelypeaux, comte de), ministre.   Varin.
Mazères (Édouard), auteur dramatique.   J. Porreau
Mesmer, auteur du magnétisme animal.   id.
Mézerai, actrice, Théâtre-Français.   Normand.
Orléans, duc de Montpensier (Ant.-Philippe d'), 1773-1807.   J. Porreau.
Persuis (L. Loiseau de), musicien, d'après Pierre Guérin.   id.
Petiet (Claude), député, ministre de la guerre.   id.
Philidor (André-Danican), musicien, auteur du jeu d'échecs.   id.
Pilon (Germain), sculpteur, 1550.   id.
Pixérécourt (Guilbert de), fac-simile, d'après J. Boilly, in-4.   id.
Pongerville (Samson de), académicien.   id.
Pontus de la Gardie, général en Suède.   id.
Ramel-Nogaret, ministre des finances, préfet.   id.
Récamier (Madame), d'ap. Cosway.   id.
Reveillère-Lepaux, botaniste, théophilanthrope.   id.
Robert-Lindet, député, conventionnel, ministre.   id.
Romme (Gilbert), conventionnel.   id.
Rouget de l'Isle, auteur de *la Marseillaise*, musicien.   Varin.
Saint-Huruge (marquis de).   J. Porreau.
Saint-Prix, acteur, Comédie-Française.   id.
Saint-Simon (Claude-H., comte de), philosophe.   Perrot.
Silvain Maréchal, poëte et littérateur.   Devritz.
Tallien (Madame), née Cabarus, d'après le baron Gérard.   Massard.
Treilhard (J.-B., comte), député, ministre, etc.   J. Porreau.
Tronson du Coudray, avocat, du Conseil des Anciens.   id.
Vadier (A.), député aux États-Généraux.   id.
Vatout (J.), poète, académicien, bibliothécaire.   Varin.
Vigée (L.-G.-B.-E.), poète et auteur dramatique.   J. Porreau.
Westermann, général, d'ap. le Physionotrace.   id.
Cartouche (Louis-Dominique), fameux voleur.   Lallemand.
Mandrin (Louis), fameux contrebandier.   Delaistre.

Chaque portrait pouvant entrer dans un in-8° est tiré in-4°.
Avec la lettre, papier blanc, 1 fr.; papier de Chine, 1 fr. 25 c.
Avant la lettre, papier blanc, 1 fr. 50 c.; papier de Chine, 2 fr.
Dont il n'est tiré que 20 épreuves blanc et 5 Chine.

Afin de faciliter les recherches des Amateurs de portraits, soit pour les
illustrations, soit pour les collections d'autographes ou autres, *deux Catalogues détaillés* de quelques collections de portraits qui peuvent se trouver
chez moi, classés par ordre alphabétique, seront remis aux personnes qui en
feront la demande affranchie.

Renou et Maulde, imprimeurs de la Compagnie des Commissaires-Priseurs
rue de Rivoli, 144.   24088

MM.

Jules Boilly 113 r. St Michel) Voir à la fin   1305 75

Affiches et afficheur 75 colonnes   35

Insertion au Moniteur des Ventes   7 50

Déclaration 2f (timbre du P. verbal)   5 ..

Enregistrement   82 65

Versement en Bourse commune   41 40

Honoraires De Bergues   41 40

Location de la Salle   31

Clerc et crieur   12

Commissionnaire   5

Gratification au clercs, crieurs, commis   10

Catalogues impression   112

et à la Poste des Catalogues en Paris (distribution)   30 67

Transport à l'Hôtel   2 50

4 mains ½ chemises   10 60

Honoraires Vignères   68 50
                                               ─────────
                                                445 20

      Déduire 5% Du acquéreur   65 30   379 90

29 ¼ %. 381. 90.   925 85

Michel 3 Groschen 1 50

Michel 20 Groschen 30 50

 # DÉSIGNATION

ESTAMPES

ECOLE DU XVIII· SIÈCLE

DONT

L'Œuvre de L. BOILLY

1 Albane (D'ap.). Jupiter et Léda. — L'Eau. — Vénus et Adonis. 3 belles ép.

2 Beaudouin (D'ap.). La Rencontre dangereuse, par Le Veau. Belle ép., marge.

3 — Le Jardinier galant, par Helman. Très-belle ép., grande marge.

4 Boilly (Louis). Son portrait de face, lithog. par son fils Jules Boilly. La Bonne aventure. — Les Tailleurs de pierres. — La Vieilleuse. — La Marmotte. — La Bonne petite sœur. — Les Commissionnaires. — Les Fumeurs. — La Chiffonnière. — Le Mendiant. — Jean tond les chiens et sa femme proprement et vat en ville. — Le Tondeur de chiens. — Les Joueurs de cartes. — La petite Famille. — Le Défi. — Le Coup de

peigne. — Les Journaux in-fol. — Scène poissarde. — Le Joueurs de billes. — La Perruque
du grand-père. — Le Bonnet de la grand-mère.
L'Adroit Barbier. — Le Second mois. — Le Neu-
vième. — La Félicité parfaite. — Le Baume d'a-
cier. — Finissez donc. — Les Grimaces, neuf
différentes. — Les Sens. — Le Testament. —
Le Concert. — Consultation de Médecins.
1700-1825. — La Rosière. — La Famille afri-
caine. — La Mariée. — Les Amateurs de tableaux.
L'Enfance, deux différents. — Les Antiquaires.
— Les Lunettes. — Les Gueux. — Les petits
Ramoneurs. 50 p. et le portrait, vol. grand-in-4,
d.-rel.

5 **Boilly** (L.) Réunion de 38 têtes diverses lithog.
chine.

6 — La Vaccine dédiée à M. Pétroz, médecin,
Ép. sur lithog. de Delpech. In-fol. Rare.

7 — 1824. Le Songe de Tartini. In-fol. Lith. de
Delpech. Rare.

8 — A la Santé du Roi! In-fol. Lith. de Constant.
Rare.

9 — Le Singe mendiant. In-fol. Lith. de Mlle For-
mentin.

10 — 1825. Spectacle de Polichinel. In-fol. Lith.
de Delpech. Avant le titre.

11 — 1826. La Guinguette. — La Laitière. 2 lith.
de Noël. In-fol. Rares.

12 — Les Époux heureux. In-fol. Lith. de Villain.

Détectif 2 50   Grosjean 1.75

Détectif 5   Grosj. 1 —   Michel 3

Michel 3.

Michel 2. 25

Grosj. 1. 25

Grosj 1. 50

Michel 3

Michel 3

Michel 4

Michel 4

Michel 5

Michel 5

Groojn 3

13 **Boilly** (L.). Réjouissance publique. — Scène   3. 25   *Vig*
de distributions de Vin aux Champs-Elysées à   1. 50   *Vig*
l'occasion de la fête du Roi. Pièce historique.
Ép. sur chine. Lith. de Villain.

14 — Le Déménagement. Ép. coloriée.   1. 50

15 — 1827. Maréchal de Vioménil. — Portrait   0
d'homme. Lith. de Delpech. 2 ép.

16 — 1828. Jeu de l'Écarté. — Jeu de Billard. —   2. 50   *Vig*
Le Cabaret. — Jeu de Cartes. — Le jeu de Ton-
neau. 4 p. in-fol. Lith. de Villain.

17 — 1829. L'Économie politique. — Pavillon des   2. 25
journaux au jardin du Palais-Royal. In-fol.
Lith. de Villain.

18 — 1830. Le Pied de Bœuf. — La Main chaude.   2
2 p. in-fol. Lith. de Lemercier.

19 — Spectacle gratis. — L'Effet du Mélodrame.   3. 50   *Vig*
2 p. in-fol. Lith. de Villain.

20 — Le bon Ménage. Les Époux et trois enfants   2   *Vig.*
à mi-corps. In-fol. Lith. de Lemercier.   1. 75

21 — Piron avec ses amis Collé et Gallet. In-fol.   2   *Vig*
Lith. de Lemercier.   2. 25

22 — 1832. Portrait de M. L. Boilly sous quatre   3   *Vig*
points de vue. Lith. par lui-même. Très-rare.   2   *Vig*

23 — Il y a plus Malheureux que moi. — Tailleurs   3. 50
de pierres. — La Bonne aventure. — Le Défi. —
Le Coup de peigne. — Scène poissarde. — Mon-
treurs de Marmotte. — La Vieilleuse. 8 p. Lith.
in-4.

24 — La Malade. — La Vaccine. — L'Adroit bar-   2
bier et autres sujets. — Grimaces, avec 3 petites
réductions. 10 p.

25 **Boilly** (L.) Osages sauvages du Missouri à Paris en 1827. 2 p. in-4. Les six personnages très-ressemblants.

26 — Diane et Médor, charge de Ruth et Booz. — Flore au Tombeau, charge d'Atala. Ces 2 p. sont représentées par des chiens. Lith. de Villain.

27 **Boilly** (D'ap. L.). Le chevalier Pégot, maréchal-de-camp. Lith. par Jules Boilly, Marmontel ; in-8, par Tassaert, Michaud ; in-8, par Mauduison. 3 p.

28 — Chenard ovale. In-4. Manière du crayon.

29 — Mme Saint-Aubin. In-4, par Debucourt. Rare.

30 — Qu'elle est gentille. Magnifique ép. avant toute lettre, grande marge.

31 — Qu'elle est gentille. — Le Cadeau. 2 jolies scènes famillères imprimées en couleur.

32 — Le Marchand de Poisson et la Marchande d'Oranges. Gravure au petit pointillé anglais, non terminée, avant toute lettre, toute marge. Très-rare.

33 — Avant la Toilette ; jolie femme assise, tenant une lettre qu'elle vient de lire.

34 — Gravé par *Alix*. Aubert du Bayet. — Kléber. 2 portraits in-fol., en pieds.

35 — Chez Basset. Voila ma Mère, nous sommes perdus. — Jouir par surprise, n'allarme pas la pudeur. 2 p., toute marge.

36 — Gravé par *J. Bonnefoy*, 1792. Honny soit qui mal y pense. Très-belle ép.

Grosi. 1.

Michel 7
Grosj 1. Michel 10

Michel 2

Michel 5

Michel 5

Michel 4

Michel 5   Grospn 2

Michel 3   Delchf 5

Michel 5

Michel 4   Michel 15

Michel 5
Michel 10   Grosp 3

Michel 5

Grospa 1.50

37 **Boilly** (D'ap. L.). Le marchand d'Argent, grande pièce curieuse pour la réunion de costume. L'Officier. La Tricotteuse. La Femme galante. Le Rentier, etc. Ép. avant la lettre. Extrêmement rare.   5

38 — Chez Bonnefoy. Le Présent de Nocé, réduction de le Cadeau. — Comment la trouvez vous, réduction de Qu'elle est gentille. 2 Médaillons équarri, figures à mi-corps. Très-belles ép., toute marge.   1.25

39 — Des. et grav. par *Bourgeois de la Richardière.* Portrait de Coulon, professeur de musique. Grand in-4. Sup. ép., toute marge.   3.50

40 — Le docteur Gall. Ovale in-4. Sup. ép., toute marge.   1

41 — Par *Cazenave.* L'Optique. Grand in-fol.

42 — L'Etude du dessin. Grand in-fol. en travers. Très-belle ép., très-rare.   1.75

43 — Par *Chaponnier.* Les Hommes se disputent. — Les Femmes se battent. 2 p. Manière noire, toute marge.   2.25

44 — Une Dame vient de recevoir le portrait de son ami qui écoute à la porte. Très-belle ép. avant la lettre.   6

45 — Prélude de Nina. Très-belle ép., toute marge.   4

46 — L'Amant favorisé. — La Comparaison des petits pieds. 2 p. Très-belles ép.   5   10

47 — Par *Clavareau.* Ah ! comme il y viendra. Superbe ép., grande marge.   2

48 — Par *Clément.* Réunion d'Artistes. 29 portraits des célébrités en 1800, avec la feuille d'explication des noms. 2 p. Très-belles ép.   2.50

3 . 25 49 **Boilly** (D'ap.) La même. Très-belle ép. avant la lettre, sans la feuille d'explication.

3 50 — Par *Copia*. Le Porte-Drapeau. Sans marge, avant que l'inscription fut remplacée en 1815. (C'est le portrait de Chenard.)

3 . 25 51 — Par *Darcis*. La Pièce curieuse. Montreur d'Ours qui fait danser des chiens.

4 . 25 52 — La Solitude. Jeune Fille assise, à mi-corps. Sup. ép., toute marge.

1 . 50 53 — Par *Dien*. Portrait de M. de Choiseul-Gouffier. Sup. ép. Petit in-fol. Avant la lettre, toute marge.

17 54 Par *Eymar*. La Rose mal défendue. — L'Egratignure, par *Cazenave*. 2 p. Superbes ép. avant la lettre.

1 . 50 55 — Par *Gautier* l'aîné. Le général Auber-Dubayet, aujourd'hui ambas. en Turquie, en pied, réduction. Grand in-4. Sup. ép.

3 . 75 56 — Par *Gror*. 1ee et 2e Scène de Voleurs. 2 p. en manière noire; toute marge.

3 . 50 57 — Par *Gudin*. Les petites Coquettes. — Les petits Soldats. 2 p. In-fol. Sujets d'enfants. Très-belles ép., toute marge.

2 . 50 58 — Par *Virginie H.* Portrait d'Hassenfratz, professeur à l'École Polytechnique. In-4. Sup. ép. Rare.

2 59 — Par Mlle *Hullot*. Jean qui rit. — Jean qui pleure. 2 p. In-4. Très-belles ép. avant la lettre, toute marge.

Michel 3   Michel 4.

Groß. 3.50   Michel 3.3   Michel 10

Lapeyre 5

Groß 1.50   Michel 4

Michel,   Michel 10
  voir

              Michel 5

Michel 4   Martin   1 50.

      Michel 6   Michel 10

                    Martin 4

                    Michel 4

              Grosjean 1 50

60 — Par *Honoré*. Deux jeunes Dames regardent deux serins qui se battent, perchés sur la serinette. Superbe ép. avant la lettre, marge.

61 — La Surprise, Mère et son enfant. Grand in-fol.

62 — Par *Jazet*. Portrait d'Homme, costume militaire, décoré. In-4. Très-belle ép. avant la lettre, marge.

63 — Par *Aug. le Grand*. Ah! qu'il est joli. Très-belle ép., toute marge. Rare,

64 — Par *Levilly*. Zélica indignée de la hardiesse du Faquir.

65 — L'Amant musicien. — L'Amant poëte, 1794. 2 p. Superbes ép., toute marge.

66 — Par *Maradan*. La Sauve garde de l'Enfance. Petit in-fol., grande marge. Rare.

67 — Par *Mathias*. Le Chien chéri. Belle ép., toute marge.

68 — Ça ira. — Ça a été, par *Texier*. 2. p. In-fol.

69 — Par *Mixelle*. La Surprise agréable. — La Crainte mal fondée. 2 p., manière noire. Rares.

70 — Par *Monsaldi*. Le Nid de Fauvettes, imp. en couleur. Très-belle ép., toute marge. (C'est Paul et Virginie.)

71 — Par *Noël*, sous la direction de Schenker. Séparation douloureuse. Grand in-fol. Très-belle ép., toute marge. Rare.

72 — Par *Petit*. Trait historique. Grand in-fol. Un Grenadier percé d'une balle dans la poitrine, la retire avec un couteau pour la renvoyer à l'ennemi, disant je vais la leur rendre. (Anecdote du temps.) Rare.

73 Boilly (D'ap. L.). Qu'il est pressant. Grand in-fol. Très-belle ép.

74 — Leçon d'Union conjugale. — Tu Sauras ma pensée. 2 p. In-fol. en travers. Très-belles ép.

75 — Défends-moi. —On nous voit. Très-belles ép. 2 p. In-fol. en travers.

76 — Poussez ferme. — Ah! ah! qu'il est sot. 2 p. Belles ép. in-fol. en travers.

77 — Que n'y est-il encore. Très-belle ép. avant la lettre.

78 — Le même. — Il Dort, par *Texier*. 2 p. In-fol.

79 — Par *Tresca*. La Solitude. — L'Attention. 2 p. Petit in-fol.

80 — La Précaution. — L'Amusement de la Campagne. 2 p. Même format que les précédents.

81 — La Jardinière. — La Jarretière. 2 p. Superbes ép. Toute marge, même format que les précédentes.

82 — Point de Convention, jolie composition. Costume.

83 — La Folie du jour, groupe de danseurs. Costumes.

84 — Les Croyables au Pérou, scène de Filous.

85 — Jeune Fille et jeune Garçon admirant par une fenêtre deux papillons sur un rosier. Superbe ép. avant la lettre. Rare.

86 — L'Évanouissement. — Les Conseils maternels. 2 p. Rares.

87 — Le Cadeau délicat. — La Douce résistance. 2 p. Très-belles ép. In-fol., marge.

88 — On la tire aujourd'hui. Ép. avant la lettre.

michel 5   Michel 8

michel 10

michel 10   Michel 6

michel 10

michel 10   Martinean 3.

michel 8

Grosjean 1.75   Martinean 4

michel 5

Michel 9

Martinean 3

michel 10

michel 5

Ditchf. 10

michel 6

michel 6   Grossen 2 60

Grossen 3

Grossen 1 50

Michel 8

89 — Par *Vidal*. Prends ce biscuit. — Nous étions deux, nous voila trois. 2 p. in-fol. Belles ép. Rares.

90 — Par *Wolff*. Le Sommeil trompeur. — Le Réveil prémédité. 2 p. Superbes ép. imp. en couleur. In-fol., marge.

91 — La Douce impression de l'Harmonie. Belle ép., marge.

92 — La Douce impression de l'Harmonie. — Suite de la Douce impression de l'Harmonie. 2 p. Superbes ép. imp. en couleur. In-fol., marge.

93 **Boucher** (D'ap.). L'Enlèvement d'Europe. In-fol., par Duflos. — La Mère laborieuse, par Lépicié, d'ap. Chardin. 2 p.

94 — La Cornemuse, jolie composition de bergers. Belle eau-forte, par Huquier. Toute marge.

95 — Les Sabots, par Gaillard. Belle ép.

96 — Le Panier mystérieux, par Gaillard. Superbe ép.

97 **Carême** (D'ap.). Honni soit qui mal y voit.

98 **Caricatures**. M. Canard volé et pendant. — — Les Rapprochements. — Toilette pour le bal, etc. 6 lithographies anciennes.

99 **Caricatures historiques**. La Contre-révolution. — Défaite des Contre-révolutionnaires. 2 p. in-fol. Curieuses à trouver réunies.

100 **Chardin** (D'ap.). L'Instant de la Méditation, par Surugue, 1747. (C'est le portrait de Mme Le Noir.) Superbe ép. avec la petite planche ajoutée, *dédié à M. Le Noir*. Marge.

2 . 50 | 101 **Chardin** (D'ap.) Le Négligé ou la Toilette du matin, 1741, par *Le Bas*. Belle ép. | x

4 | 102 — La jeune Fille au volant, par Lépicié, 1742. A Lyon, chez Gentot. Très-belle ép., marge. | x

14 . 50 | 103 **Chodowiecki**. Clarisse Harlow. Suite complète de vignettes. In-8, pour Richardson. 24 p. Très-belles. | R

6 . 50 | 104 — Joseph et Frédéric, Louis XVI, etc. 24 p. sur 2 feuilles non divisées. | R

1 | 105 **Cochin** (D'ap.). Frontispice de l'Encyclopédie, allégorie par Prévost. | x

18 | 106 **Costumes parisiens**, an VII, IX, X, XI, XIII. 1806, 1807, 1808, 1809, 1812, 1813, 1814, 1815, jusqu'à 1830. 44 p. | x

3 . 25 | 107 **Courtin** (D'ap.). Aimable Corybante, etc. — Le petit Ecureuil, etc. — Loin de sa Mère. — Amour, etc. — Trois jolies Femmes, par de Poilly. | R

2 | 108 **Coypel** (D'ap.). Ce Dépit n'est point redoutable, par Surugue. — Entre deux mouvements sans cesse partagé, par Lépicié. 2 p. Superbes ép., marge. | R

6 | 109 — La Folie pare la décrépitude des ajustements de la jeunesse, par Surugue, 1745. Superbe ép., grande marge.

1 . 50 | 110 **Debucourt** (D'ap.). Les Voisines laborieuses, par Angélique Moitte. Superbe ép. | x

6 . 50 | 111 — Les Apprêts du bal, modes 44, et Costumes de l'époque. 4 p. coloriées. | x

2 | 112 **Delaunay**. Les Regrets mérités, d'ap. Mlle Gérard. Superbe ép. | x

Zulea 15. Martinice 12

Martinice 6

Grosjean 5.50

Grosjean 1.50

Grosjean 6

Grospier 1

Grospier 1   X

Michel 11

Michel 21   Grosjean 1   X

Michel 5   X

X

Michel 7   X

X

X

X

R 113 — La Reconnaissance de Fonrose, d'ap. Aubry. 4.50
Sup. ép., toute marge. — La Félicité villageoise,
d'ap. Freudeberg, 2 p.

X 114 **Demarne** (D'ap.). L'Hôtesse en belle humeur, 1.75
par Michon et Racine. Superbe ép.

115 **Desrais** (D'ap.). Costumes de jeune Bourgeoise. 27
— Jeune Élégante. — Jolie Femme en peignoir.
— Jeune Dame. — Demoiselle, etc. 10 p. très-
curieuses, dont 1 coloriée.

X 120 116 **Freudeberg** (D'ap.). Le petit Jour. Joli 25
Intérieur imprimé en couleur (au pouce) et ter-
miné de colorié au pinceau pour les tons que la
gravure ne permettait pas. Rare.

X 315 117 — L'Heureuse union, par *Bosse*. Avant la plan- 8.50 Vig
che réduite, très-belle ép.

X 118 **Fryberg** (D'ap.). La Chute inévitable, par De- 1
launey, scène villageoise.

X 5 119 **Gasbois** (D'ap.) L'Appat du bonheur. — Le 8.50 Vig
Bonheur interrompu. 2 p. par Gautier. Superbes
ép., grande marge.

X 315 120 **Greuze** (D'ap.). La Grand-Maman, par *Binet*. 2
Jolie scène maternelle. Belle ép.

X 4 121 — Retour sur soi-même. Vieille lisant le cha- 2.25
pitre de la Madeleine dans la Vie des Saints.
Très-belle ép. par *Binet*, marge.

R 122 **Houston**. Cloé et autres. 4 jolies femmes. 1.75

R 123 **Kraus** (D'ap.). La Gaieté sans embarras, par 1.75
Levasseur. Belle ép.

X 124 **Lancret** (D'ap.). L'Enfance. — L'Adolescence. 12.50
— La Vieillesse. 3 p. par de Larmessin. Belles ép.

125 **Lancret** (D'ap.) Les deux Amis, jolie pièce tirée des Contes de Lafontaine. Belle ép.

126 **Larmessin**. Tentation de saint Antoine, d'ap. Vleughels. Belle ép. (C'est frère Luce.)

127 **Lavrince** (D'ap.). Le Mercure de France, c'est Beaumarchais qui lit Figaro, gravé par Guttemberg.

128 — Qu'en dit l'abbé. — Le Billet doux. 2 p. par Delaunay. Belles ép. Charmantes compositions, costumes et intérieurs très-riches.

129 **Le Bas**. La Marchande de baignets. Belle ép.

130 **Le Beau**. Tiens! c'est mon valet Lafleur. — La Réponse incroyable. — Faites la paix. — C'est inconcevable! 4 p. Costumes du Directoire.

131 **Le Clerc**. Puer parvulus, le petit Enfant berger. Belle ép.

132 **Le Clerc** (D'ap.). Costumes de dames. — Robe à l'anglaise. — Robe à la polonaise. — Chemise à la reine, etc. 8 p. dont 5 coloriés.

133 **Moreau** le jeune (D'ap.). C'est un fils Monsieur, par Baquoy. Superbe ép. avec A. P. D. R., toute marge.

134 — Les petits Parains, par Baquoy et Patas, avec A. P. D. R. Superbe ép.

135 — Le Rendez-vous pour Marly, par C. Guttemberg. Superbe ép., grande marge.

136 — La Dame du palais de la reine, par Martini, Superbe ép., grande marge.

137 — La Rencontre au bois de Boulogne, par Guttemberg.

Mercier 10   Martine 6

Dilecki 5   Grossen 1.75   Martinen 6

Michel 10

Michel 5.

Michel 5

Michel 2
Diderot. 5

Groschen 3.50

X

F:

Groschen 4.50   Ditzchfe. 40

Groschen 1.25

R 138 **Morghen** (Raphaël). Vera, effigie de la Vierge de Caravagge. Venerée dans l'église paroissiale de Plaisance. Petite pièce in-8. Très-belle et très-rare. *1*

X 139 **Nilson**. Le Bal champêtre, d'ap. Eisen. *2.50 Vég*

R 140 **Nolin**. Renouvellement d'Alliance entre la France et les Suisses. In-fol., d'ap. Le Brun. Superbe ep., marge. *5 Vig*

R 141 **Oudry** (D'ap.). Fables de La Fontaine, 29 p. dont 3 avant la lettre et eaux-fortes pures. *5.50*

Fichon 142 **Pater** (D'ap.). Le plaisir de l'été, par Surugue, 1744. Superbe ép. marge. *8.50*

R 143 **Photographies**. Marie-Antoinette à Trianon et autres. 9 pièces très-belles. *3.25*

R 144 **Pièce historique**. La nuit du 9 au 10 thermidor an ii. In-fol. *3*

R 145 **Pierre** (D'ap.). Le marché aux légumes, par Pelletier. Superbe ép., grande marge. *1.50*

R 146 — Bacchus et Ariaïne. — Sacrificium in honore Panos. 2 p., par Lempereur. *6*

R 147 **Saint-Aubin** (D'ap. Aug. de). La promenade des remparts de Paris. — Tableaux des portraits à la mode. 2 p. gravées par *Courtois*. Ces superbes ép. sont des plus curieuses et des plus recherchées pour les costumes élégants et voitures du xviiie siècle, marge. *70*

R 148 **Santerre** (D'ap.). Iris à la faveur de ce déguisement, etc. A me voir, j'ai les traits d'une beauté divine, etc. 2 p., par Chateau. Belles ép. *1*

R 149 **Schenck**. Jolie femme vidant un pot par la fenêtre avant le titre. Belle manière noire. *1.25*

150 **Simonet**. L'Heureuse nouvelle, d'ap. *Aubry* (le numéro de loterie est sorti). Magnifique ép. in-fol., toute marge.

151 **Smith**, 1713. Départ de chasse, d'ap. J. Wyck, manière noire. Superbe ép.

152 **Vanloo** (D'ap.). La peinture. Le galant jardinier, d'ap. Pierre. 2 p.

153 **Vernet** (D'ap. Joseph). 1re et 2e vue de Marseille, par Aliamet. 2 p. Superbes ép., grande marge.

154 **Vernet** (Carle). Homme à cheval se retournant vers le fond à droite où un valet attache deux chiens près d'une chaumière. — Cheval sellé tenu par la bride; son cavalier tient son fouet de la main droite; ils sont dirigés à gauche. 2 p., eaux-fortes originales, très-rares et non décrites.

155 **Watteau** (D'ap.). Son portrait à mi-corps dans son atelier; grand in-8, par Lépicié. Très-belle ep., toute marge.

156 **Watteau** (D'ap.). Buste gracieux de jeunes filles. Idole chinoise adorée. 3. p. superbes ép.

157 — Concert, pour nous prouver que cette belle. Très-belle ép. in-4.

158. — Dessus de clavecin, gravé par le comte de Caylus.

159 — La Ruine. Très-belle ép., par Baquoy, marge.

160 — Voulez-vous triompher des belles? Débitez-leur des bagatelles. Superbe ép., marge.

161 — La surprise, par B. Audran. Belle ép.

162 — Départ des comédiens Italiens en 1697. Très-belle ép. d'une pièce historique sur le théâtre.

Michel 2 50

<u>Chaveau</u>

Hédou 8   Chaveau   Grayham 3.50

Ditt 3.

Michel 10

Michel 9   Goyon 10

Grosjean 1

grosjean 1

Michel 5

Delpit 4

X *528* 163 — Antoine de La Roque, par Lépicié. Très-belle . **6**
ép., toute marge.

164 **Watteau** fils, 1786 et autres. Costumes de **16.50**
dames en Carrocot-Pierrot, Redingotte, Coif-
fures, etc. 7 p.

X 165 **Weber**, 1822. Le nec plus ultra, costume de **4.50**
femme et d'homme excentrique de l'époque.
2 lithog. coloriées.

X *265* 166 **Wille** (J.-G.). La cuisinière hollandaise, d'ap. **2**
Metzu. Belle ép.

X *290* 167 **Wille** fils (P.-A.). Petit Vauxhall, dessiné et **3.25**
gravé par lui, 1780. Charmante pièce avec cos-
tumes de l'Époque. La belle du jour saluée par
les vieux amateurs. Superbe ép. sans marge.

X 168 **Les formes acerbes.** Un monstre (Le Bon) **3.50** *Vig*
entre les guillotines d'Arras et de Cambray
s'abreuve du sang qui en découle. In-fol. Pièce
curieuse, d'ap. Lafitte, en bistre, marge.

PORTRAITS

R 169 **Audouin**. Ducs d'Angoulème et de Berry. *//*
2 p. in-fol., toute marge.

R 170 **Audran** (J.). Noel Coypel, peintre, in-fol. Su- **3** *Vig*
perbe ép., toute marge.

R 171 **Ardell** (Mac). et autres. Portraits de jolies **2.25**
femmes en manière noire. 4 p.

172 **Bartolozzi**. Giuseppe Haydn, compositeur de musique. Ovale in-4, en bistre. Superbe ép.

173 **Bazin**. Madame Helyot. Grand in-4, marge.

174 **Berthet**. Restif de la Bretonne. In-4. Rare.

175 **Bonneville**. Portraits in-8. 14 p.

176 **Bouillard**. F. Bartolozzi, d'ap. Violet. Superbe ép. in-fol., toute marge.

177 **Boulanger**. Magdeleine de Saint-Joseph de l'ordre de Mont-Carmel. Grand in-8.

178 **Canu**. Robespierre pressant un cœur dans une coupe. In-12. Très-belle ép.

179 **Cathelin**. Pierre Jéliote tenant une lyre. In-fol., d'ap. Tocqué. Très-belle ép., marge.

180 **Cheesman**. Miss Waddy, à mi-corps, en couleur. Superbe ép. marge. Petit in-fol.

181 **Daullé**. Guil. de Lamoignon, chancellier. In-4, d'ap. *Valade*. Très-belle ép., marge.

182 **Desrochers**. Mère Angélique Arnauld, Marguerite de Harlay, abbesses de Port-Royal. 2 p. in-8.

183 **Drevet**. Anne-Louise de Crevant-d'Humières, abbesse de l'ordre de Cisteaux, à Beauvais. In-8. Très-belle.

184 **Edelinck**. Louise-Eugénie de Fontaine, religieuse de la Visitation. — Florence de Verguigneul, abbesse de Saint-Benoît, à Douay. 2 p. in-8.

185 **François**. Marie A. de Ségur, abbesse de Gif. In-4.

186 **Gaillard**. Blaise Duchesne, abbé de Sainte-Geneviève. In-fol., d'ap. *Chevallier*. Très-belle épreuve.

Ditschf. 5   Martini 2

Delpit 2
Ditschf. ? sr Grosjean 1.
Delpit 4

Henrot

Ditschf. 3.   Delpit 3.

Delpit 3   Henrot

Henrot

Henrote 4

Rhone 6   (gros) — 1   X

Michel 2

Henrot

Grosjean 2

Villef— 6   Clusaz—

Villefor   6

Henrot.

Michel 3

Michel 3   Delpit 3

R   187 **Girard** (F.), 1832. Louis-Philippe Ier en pied, d'ap. Hersent. Manière noire; gr. in-fol.   *0*

R   188 **Klauber**. Ch. Gab. Allegrain, sculpteur. Très-belle ép. in-fol., toute marge.   *2*

R   189 **Kneller** (D'ap.). Jolis portraits de femmes en manière noire. 4 p.   *3*

X   190 **Lacaille**. Mirabeau, père du peuple. Profil à l'eau-forte in-8. Très-belle ép. ancienne, toute marge.   *5 Vig*

R   191 **Landry**. Madame la baronne de Neuvillette. in-4.   *2 Vig*

R   192 **Lasne** (M.). Marie de Bertellier, religieuse de Saint-François. In-8.   *2 Vig*

R   193 **Lebas**. P.-J. Cazes, peintre, d'ap. *Aved*. In-fol. Superbe ép.. marge.   *1*

R   194 — Robert le Lorrain, sculpteur. In-fol., d'ap. *Drouais*. Superbe ép.   *2 . 25*

R   195 **Lefèvre**. Général Foy, d'ap. H. Vernet. Superbe ép. chine. In-fol. avant la lettre, toute marge.   *6 . 50 Vig*

R   196 — Casimir Perrier, d'ap. Hersent. Superbe ép. sur chine. In-fol., avant la lettre, toute marge.   *3 Vig*

R   197 **Lenfant**. Marie-Marguerite des Anges de l'ordre du Mont-Carmel. In-4. Superbe ép.   *4 Vig*

R   198 **Lépicié**. Nicolas Bertin, peintre. Superbe ép. In-fol., d'ap. *De Lien*, marge.   *2 Vig*

R   199 **Lignon**. Louis-Philippe Ier en pied, d'ap. Dupré. Grand in-fol.   *1 . 50*

R   200 **Moret**. Louis d'Assas, capitaine au régiment d'Auvergne. In-4, en couleur, coupée à l'ovale. Très-belle ép., rare.   *3 . 25 Vig*

1.25 201 **Page**. Miss Decamp, — Mary Kirk, par Bocquet. 2 p. in-8, en couleur. Superbes ép.

1 202 **Picart** (B.). Roger de Piles, amateur. Petit in-fol. Très-belle ép., marge.

5 203 **Prieur**. La Reine (Marie-Antoinette) à la Conciergerie, en veuve; tiré du cabinet de M. l'abbé Carron. In-4. Superbe ép., grande marge.

4 204 **Reynolds** (D'ap.). Jolis portraits de femmes en manière noire, coloriés. 3 p.

2 205 **Roullet**. Marie-Magdeleine de la Très-Sainte-Trinité, fondatrice de N.-D.-de-la-Miséricorde. In-4.

3 6 206 **Saint-Aubin**. Louise-Émilie, baronne de..... Superbe ép. avant l'adresse; le nom d'artiste à la pointe, marge. — Adrienne-Sophie, marquise de..... Belle ép. avec l'adresse. 2 p.

3 207 — Benjamin Franklin. In-4, d'ap. Cochin; ancienne ép.

1.50 208 — Guil.-Joseph de l'Épine, médecin. In-4, ad vivum. Très-belle ép.

1.50 209 **Schuppen** (Van). Pierre de Marca, archevêque de Paris. Petit in-fol., d'ap. Vanloo. Très-belle épreuve.

2 210 **Smith**. Comtesse de Rocheford et autres, d'ap. Kneller. 4 p. en manière noire.

3 211 — Duchesse de Bolton et autres en pied, d'ap. Kneller. 4 p. en manière noire.

3 212 **Stump**. Miss Mellon à mi-corps, en couleur.

2 213 **Surugue**. Louis de Boulogne, le père, peintre. In-fol. Très-belle ép., d'ap. *Mathieu*.

Delpit 4. 50   De Boisse. 5. 50

Henriat

grospierre 2. 60   villep. 15

Delpit . 2.

Michel 6
Michel 3.

Michel 7   Desboisseau 5

Michel 9   Desboisseau 10

Delpit 3

Grosjean 1

Grospon 10   B

Rhone. 10   B

    B

R   **214** — E.-F. Geoffroy, parisien, médecin. In-fol. d'ap. *de Largillière*. Très-belle ép., toute marge.

R   **215 Trouvain** René-Ant. Houasse, peintre. In-fol., d'ap. *Tortebat*. Superbe ép.

R   **216 Voysard**. Louis Gillet dit Ferdinand, maréchal des logis au régiment d'Artois, profil posé sur les scènes qui l'ont illustré, d'ap. *Borel*. In-4, belle ép.

R   **217 Religieuses**. Armelle, Jeanne Biscot, Louise-Marie de France. 3 p. in-8.

R   **218** — Alix Le Clerc mourut à Nancy. — Marguerite de Lorraine. In-4. 2 portr.

LIVRES A FIGURES

219 — Émaux de Petitot. 1re partie. 20 portr. gr. par Céroni et texte. Magnifique exemplaire de souscription. Très-beau vol., mar. rouge, fer à plat, tr. dorée.

220 — Beautés du moyen-âge et de la renaissance. Beau vol., avec planches dans le texte et autres en chromo. rel. en toile, fers a plat, mosaïque, tr. dorée.

221 OEuvres de Louis XVI, précédées d'une histoire de ce monarque, par M. Ch. de Bussy. *Paris*, 1864 ; belle d.-rel., mar. rouge. Aux armes, tr. dor.

222 Galerie de Florence, avec texte français, par Alexandre Dumas, dédié à l'empereur Nicolas Ier. 90 livraisons, 1 à 90. In-fol. en parfaite condition. *Florence, 1844 à 1851.*

223 **Dessins.** Bergère en pied, crayon de couleur.

224 — Diane (Coriphées, nymphes de) dansantes, figures très-gracieuses en pied, crayons de couleur. 2 p.

225 — La Musique, — le Chant, Dames en jolis costumes en pied, crayons de couleur. 2 p.

226 — Portraits en buste de femmes, xviiie siècle. — Aquarelles, 6 p.

227 — Portrait de femmes en buste, xviiie siècle, aux crayons de couleur.

228 — Portraits en buste de femmes aux crayons noir et rouge, 8 p.

229 — Portraits d'hommes, aquarelles et crayons de couleur.

230 Sous ce numéro, les articles non catalogués.

Renou et Maulde, imprimeurs de la Compagnie des Commissaires-Priseurs, rue de Rivoli, 144.   24088

Fr___ 29 1/4

payé M. Boilly	417	25	122 05	2 75	2 92 45
payé Rott	379	75	111 10		2 68 65
4X	291	25			
	3	50			
payé Vendeuil a St Perin	145	..	42 45		102 55
payé Fichon	36		10 55	75	24 70
payé Blaisot	29	50			
Springer 18 rues	2	50	75		1 75
20 Avril 1880 Solfèrol 1 Molière (Voir 411e)	1		30		70

No.	Titre	Acheteur	Prix
4	album	Grosjean	26
6	Vaccine	Dub Dubure	3
7	Tartini	Ditchfield	4
8	a la Santé du Roi	Michelot	2
9	Singe	Michelot	1
11	Guinguette, Laitière	Grosjean	1 50
12	Epoux heureux	Michelot	2
13	Rejouissance	Michelot	3 25
	do	Dub Dubure	1 50
16	le jeu		2 50
19	Spectacle	Michelot	3 50
20	Ramonage	Michelot	2
21	Piron	Michelot	2
22	Boilly	Michelot	3
	do.		2
29	S'autin	Michelot	7
30	g...	Michel	5 50
32	M. d'Poisson	Michelot	2
33	avant la toilette	Michelot	5
34	2 port	Dub Dab	1
35	2 pièce	Michelot	2 50
36	Horny	Michel	3
37	M. d'argent	Michelot	5
39	Coulon	Ditchfield	3 50
44	Danse	Michel	6
45	mira	Michelot	4
46	amant, Comparaison	Michel	10
47	comm d., Vieux	Michel	2
50	p. Drapeau	Dub Dubure	3
52	Solitude	Dub Dubuis	4 25
54	Bon, Egratignure	Michel	17
58	Hassenfrats	Lapeyrie	2 50
59	... pleur	Michelot	2
60	deux Dames	Michel	7
63	ah quel ... joli	Michelot	2
64	Zelia	Michelot	2
65	Amour ...	Michel	7
			162 50

No.	Titre	Acheteur	Prix
			162 50
70	nid défourette	Martinière	2
71	Separation	Michelot	2 50
72	trait hist.	Dub Dubure	2
73	quelest prenan	Michelot	6
74	licou d'union	Michel	2 50
75	defigez moi	Michel	7
76	poussy ferm	Michel	3
77	quen y vient mon	Michel	4 50
78	2 p.	Michel	2
81	Jardin, jardinier	Martinière	3 50
82	Convention	Michel	4
83	folie	Michelot	8
88	oubliée	Martinière	2 50
91	Harmonie	Michel	3 50
	11 pieces		5 50
93	Boucher	Michel	2
96	Panier	Michel	7
98	Carriere	Dub Dubure	4 50
117	Friedberg	Michelot	8 50
119	Gosbois	Michelot	8 50
125	Les dames	Mercier	10 50
126	S'autin	Martinière	6
137	Moreau ...	Michel	8
139	Nilson	Michelot	2 50
140	Nolin	Villefort	5
153	J. Vernet	Cluseru	10 50
154	C. Vernet	Cluseru	11
160	Watteau arlequin	Michel	9
168	formes a...	Michelot	3 50
170	Coypel	Delpit	3
172	Hayden	Ditchfield	4
173	Helgos	Delpit	2
174	Restif	Ditchfield	2
175	Bonnude		4 25
177	Madeleine	Henrolet	2
178	Camm Roberge	Dub Dub	2
179	Jelliote		2 50
			339 25

			79	75
405	Scudery	Chaulin	7	.
408	Servien	Chaulin	10	.
410	Neeffs	Kemink	5	
412	Colomb	Ditchfield	7	.
415	Pluvinel	Lackrill	5	.
418	Poussin	Chaulin	4	50
419	Dauphin	Michelot	2	.
423	Fontenelle	Ditchfield	6	.
428	Pavillon	Ditchfield	3	.
432	Jouvency	Ditchfield	4	50
437	Bernardin	Chaulin	2	.
439	Lemoine	Delpech	8	
440	L. XIV	Delpech	4	
441	L. XIV	Delpech	4	
446	Bourbon	Delpech	2	75
447	Raphael	Delpech	4	
449	Farvacques	Mongom	5	
450	Montespan	Michelot Girodet	11	
458	S'aubin	Henrotte	2	
459	Fenelon	Delpech	3	
460	Roussan		2	
462	Savart	Martineau	2	25
463	Every	Dervaux	4	
469	Lelanne	Chaulin	7	
472	Nerestang		7	
482	Gaston	Delpech	3	
489	Henri IV	Maison	3	50
491	Bourgogne	Michelot	4	50
492	Ossat	Chaulin	3	
496	Valdor	Henrotte	3	
497	Scaglia	Henrotte	3	50
499	Bayer Constant andré		2	
502	Montespan	Michelot	7	
515	Cortusius	Ditchfield	7	
516	Dante	Mahieaux	12	50
519	Necker	Michel	2	50
523	Ecclesiaste	Delpech	9	
			970	25

			970	25
525	femme 9	Delpech	4	.
527	24 p.		9	.
	70 p.	Delpech	12	.
			995	25
			49	75
			1045	..

273d. A. G.

162 75.

No.	Name		Amount
1.	Brignon	Ditlefsen	4
4.5		Maiseau	4
8.	Bavor	Maiseau	1 25
10	Naulor	Michel	2
11	Fredoric II	Apell	2 50
12	Larder	Henroth	3
14	S' Guillaume	Villefort	3
16	Sage	Ditit fils	3
17	Elizabeth	Delpit	4
18	Billy	Henroth	2
23	Augurier	Chaulin	3
24	Poussin	Delpit	4
28	Fleury	Delpit	3
29	Largillier	Michel	4
32	Picon	Michelot	5
34	Leguinski		8
37	Callin Angele	Maiseau	7 50
43	Dance	Veydt	3
44	Daulle	Michelot	5
46	Maupertius	Dervaux	3
48	york	Dervaux	8
51	Richelieu		2
52	Choiseul	Michelot	3
53	Lulow	Grosjean	4
54	Rollin	Veydt	2 25
57	Edelinck	Michelot	4
61	Boileau	Delpit	5
62	Domler	Michelot	11
66.67.		Michelot	6
71	Creguy	Michelot	10
73	Mitautier	Michelot	7
74.	Rancé Maiseau Michelot	13 50
75.	Rigaud	Michel	4
76	Serre	Delpit	2 75
77	Clem Sobieska	Michelot	10

162 75

No.	Name		Amount
79	Toulouse	Michelot	21
80	Villars	Villefort	16
81	Lotte	Apell	3 50
83	Dubois	Villefort	8
86	Chelle	Villefort	19
87	Pucelle	Michelot	3
92	Newton	Maiseau	4 50
93	Thierry	Alcan	5 50
94	Trouson	Henroth	3 25
95	Louis XV.	Maiseau	2 50
96	Dupont Heun IV.	Michelot	14
99	Erasme	Grosjean	3 25
101	Willebois	Apell	3
104	Bourbon	Reniuk	5
105	3 p.	Grosjean	4
106	Riche	Reniuk	3
107	Galle 2ps	Reninke	5
108	Howard	Reniuk	8
109	Urfé		6 50
111	Tully	Apell	5
115	Houthorn	Reniuk	7 50
116	Th Lavoie	Apell	4
117	Simon de Vos	Apell	5
122	Delmons	Apell	5 50
123	Jode	Reniuk	10 50
126	Arnaud	Dervaux	8
127	—	Ditlefsen	5
129	Braun	Dervaux	10
131	Bossuet	Delpit	9
132	Carcavy	Dervaux	4
134	colbert	Givelu	4
135	—	Givelu	4
138	Gherards	Grosjean	2
139	Hamier	Dervaux	4
140	Morinier	Michel	5 50
141	Lebrun	michel	9

402 75

No.	Nom		fr	c.
142	lelellii	Dervaux	4	.
144	tête de Perraux	Dervaux	4	.
147	Montansis	Villefort	14	.
148	d°	Dervaux	3	,
160	Lorrain	Grosjean	2	,
162	L XIV à cheval	Delpit	3	.
163	Lamartinière	Litchfield	8	.
165	Isabelle	Delpit	2	,
166	ortelius	Veydt	3	.
167	Sanguntum	Henrot	3	.
168	d'argouges		2	.
170	Biron	Delpit	5	.
177	Lavallière	Delpit	3	.
~~181~~	~~Doucettin~~	~~Apell~~	~~8~~	~~50~~
186	Jollyvet	Herbevron	4	.
192	Henriette	Veydt	4	25 .
204	Leclerc	Grosjean	1	50 .
209	Cardinaux	Avenau	5	
212	Louis XVI	Delpit	3	.
213	Buquoy	Litchfield	2	50 .
215	Sévigné Orléans	Martinau	2	
219	L XIV. Louis		1	28 .
220	armd autricha	Delpit	4	.
225	Berulle Culler	Avenau	4	50 .
228	L XIII	Dervaux	3	.
229	— a cheval	Litchfield	14	.
232	Rois d'Angletre		5	
238	Chanvalou	Chauten	7	.
242	Chateauneuf		3	50 .
243	Lemarle	Avenau	3	.
244	Guerrin		5	.
246	Elisabeth	Delpit	3	.
251	Anguyen	Delpit	3	.
253	Gabrielle	Maiseau	9	.
255	Garnier	Maiseau	20	,
257	Henri III	Litchfield	8	.
260	Epernon	Avenau	5	.
264	Balafré	Delpit	3	.
274	de Thou	Delpit	3	.
279	de Marcenay	Litchfield	2	.
281	Brunswick	Litchfield	4	50 .
282	Jeanne d'arc		7	50 .
283	St. Ant.	Litchfield	4	,
286	Mirabeau	Michelot	8	.
287	Saxe	Delpit	4	.
288	Savoie	Michelot	10	.
289	Stanislas	Grosjean	5	.
290	de Thou	Litchfield	3	.
292	Villars	Delpit	4	.
316	Fouquet	Avenau	5	.
319 .320		Delpit	5	.
321	Séguier	Avenau	4	.
323	Champagne	Delpit	4	.
330	armd autricha		8	.
334	Lemon	Apell	7	.
335	Louis X1		7	.
339	Louis XIII 2p.	Avenau	5	.
341	Evangélista	Lorin	12	.
347	Gilles Boileau	Delpit	4	.
349	Cord. Bouillon	Apell	20	.
352	Bragelonne	Suerin	5	.
357	Christine	Avenau	5	.
358	Colbert	Michel	5	50 .
359	J. N. Colbert	Guerin	14	.
361	Faure 2p.	Apell	4	.
362	Gillier	Boissien	5	.
377	Letellier	Apell	4	50 .
380	d°	Boissien	7	.
381	Chateau	Delpit	4	.
383.384.	Ligny	Ogier	7	.
398.	Mony	Grosjean	7	.
401	Nasmond	Chauten	4	50 .

790 75

405 Scudéry   Chaulin.   7
408 Servin   Chaulin.   10
410 Neefs   Kemmik.   5
412 Colomb   Ditchfield.   7
415 Pluvinel   Lashrull   5
418 Poussin   Chaulin.   4 50
419 Dauphin   Michelot.   2
423 Fontenelle   Ditchfield.   6
428 Pavillon   Ditchfield.   3
432 Joncoux   Ditchfield.   4 50
437 Bernardin   Chaulin.   2
439 Lemoine   Delpit.   5
440 L. XIV   Delpit.   4
441 L. XIV   Delpit.   4
446 Bourbon   Delpit.   2 75
447 Raphael   Delpit.   4
449 Farvaques   Mongom.   5
450 Montespan   Michelot.   11
458 l'aubin   Henralle   2
459 Fenelon   Delpit.   3
460 Rousseau   2
462 Savart   Martineau   2 25
463 Evreux   Dervaux.   4
469 Lelann   Chaulin.   7
472 Nerestang   7
482 Gaston   Delpit.   3
489 Henri IV.   Maiseau   3 50
491 Bourgogne   Michelot.   4 50
492 Ossat   Chaulin   3
496 Valdor   Henralle   3
497 Scaglia   Henralle   3 50
499 Bayer Constans andré   2
504 Montgeron   Michelot   7
515 Cortusius   Ditchfield.   7
516 Dante   Maiseau   12 50
519 necke   Michel.   2 50
523 Ecclésiaste   Delpit.   9

970 25

525 femme 9   Delpit.   4
527 24 p.   9
    70 p.   Delpit.   12

                                   995 25
                                    49 75
                                  ─────────
                                  1045 ..

182 Demoyer   1
185 Jupin   Henralle   2
186 ote 1 glace   Henralle   2
190 Joseph   Mami   5
191 Mandolic   Michelot   2
192 Jean   Henralle   2
195 Foy   Chaum   6 25
196 Paris   Villejon   3
197 Corsque   Henralle   4
198 Racine   Michelot   2
200 Dante   Michelot   3 25
203 Moulin   Robinson   5
205 Boileau   Henralle   2
208 Lejeune   1 25
212 Miller   Michelot   3
213 Dorigny   Michelot   2
214 Geoffroy   Michelot   6
215 Homere   Michelot   10 25
217 Religion   Delpit   2 50
218 Achille   1 25
220 Voltaire Prud Photo   6

                                   229 25